PRÉSENTATION DES PERSONNAGES & RÉSUMÉ

Yôsuke Itô

23 ans, travaille dans une entreprise d'import-export.
Il est plutôt distant et maladroit avec les mots, mais il est profondément amoureux d'Arimura.

Ikuo Arimura

25 ans, travaille dans un centre commercial.
Il a un caractère sociable et enjoué, mais lorsqu'on parle de Yôsuke, il peut devenir très jaloux.

Masato Hozumi

Il a 27 ans et travaille dans la même compagnie que Yôsuke, Yotsumoto, en tant qu'ingénieur système. Il est gay mais le cache.

Matsu

Un kôhai d'Arimura et un ami de Yôsuke.
Il est en apprentissage dans le restaurant de ses parents.

Nana Arimura

C'est la petite sœur d'Ikuo, en deuxième année à l'université.
Elle est joyeuse et honnête.
Elle était amoureuse d'Itô autrefois.

Ikuo Arimura et Yôsuke Itô sont deux anciens camarades de lycée qui étaient membres du club de base-ball alors qu'Arimura était en terminale et Itô en seconde. Cinq ans plus tard, ils se retrouvent lorsqu'Itô assure le remplacement du professeur particulier qu'Arimura a engagé pour sa petite sœur. Arimura ne tarde pas à remarquer les sentiments qu'Itô éprouve pour lui et décide de lui demander de sortir avec lui. Mais beaucoup d'obstacles se mettent sur leur route… jusqu'à ce qu'ils soient finalement réunis pour de bon.
Depuis, une année s'est écoulée, et Arimura retombe par hasard sur un de ses anciens sempais* de l'université, Hozumi. Il s'avère que Hozumi est également un collègue de Yôsuke et qu'il a des vues sur lui, ce qui rend Arimura très jaloux. Les choses ne s'arrangent pas lorsque Hozumi lui apprend que Yôsuke risque d'être muté à l'étranger… Leur amour parviendra-t-il à surmonter tous ces obstacles ?

[Sempai : dans une même discipline (école, travail, sport, etc), c'est celui avec le plus d'ancienneté, qui doit être écouté et respecté par le plus jeune (le kôhai)].

Change World

YUU MINADUKI

TAP
コッ
TAP
コッ
TAP
コッ
GRIP
ガシッ
TU VEUX ME PARL...
QU'EST-CE QUE VOUS LUI AVEZ DIT ?!
AH, ITÔ-KUN...
TU M'AS FAIT SURSAUTER.

Change World

episode.5

Si on était ensemble... Moi, je ne te quitterais jamais.
Tu comprends ce que je veux dire ?
SHHHH...
.....
Non, je ne comprends pas...
D'accord, je suis peut-être gay, comme vous...
Mais ce n'est pas parce qu'on est tous les deux gays que ça veut dire qu'on doit se mettre ensemble.
Ça n'a rien à voir.
HUM...
Je savais bien que tu dirais ça.
Moi aussi, dans le temps... Comme toi, je suis sorti avec un type hétéro.
Voilà pourquoi je suis inquiet pour toi.

Pour être honnête, quand j'y repense, je ressens encore de la culpabilité.
Je l'ai entraîné sur un chemin plein de ronces.
Mais pour toi, il est encore temps... Tu n'as pas besoin de souffrir pour le reste de ta vie.
.....
Je comprends ce que tu ressens.
Je voulais juste te prévenir et t'aider à trouver une autre voie.
Peut-être que je n'aurais pas dû ?
Je vois...
Ce sentiment que je ressentais tout au fond de moi,
Hozumi-san vient finalement de mettre un nom dessus.
La «culpabilité».

FUIP
JE VOUS RE-MERCIE D'AVOIR PRIS LA PEINE DE VENIR ME PARLER L'AUTRE JOUR, JE SAIS QUE VOUS VOUS INQUIÉTEZ POUR MOI...
MAIS SEMPAI NE ME...
OOH...
TU T'ES ENGUEULÉ AVEC IKU À CAUSE DE CE QUE JE T'AI DIT ?
TU AS LES YEUX ROUGES.
BOBOM
ドキ
Ça le fait rire...?
J'AVAIS L'IMPRESSION QU'IKU PRENAIT VOTRE RELATION À LA LÉGÈRE,
ALORS JE LUI AI DIT CE QUE J'EN PENSAIS.

DÉSOLÉ, ITÔ-KUN, MAIS J'AI UNE RÉUNION.
ON EN REPARLERA PLUS TARD.
D'ACCORD...
«Yôsuke... Toi aussi, tu penses que je vais te quitter pour me marier avec une femme ?»
À ce moment-là, si je n'ai pas trouvé quoi répondre...
C'était parce qu'au fond de moi, c'était ce que je croyais.
Je me disais qu'il ne fallait pas que j'entraîne Sempai sur ce chemin-là.
TAP...

RESTAURANT
MATSU
TU ES SÛR QUE C'EST D'ACCORD ? VOUS ÊTES DÉJÀ FERMÉS...
C'est gentil...
JE TE DIRAIS BIEN DE BOIRE UN VERRE, MAIS...
T'INQUIÈTE PAS !
Je suis content que tu sois venu !
TU N'AS PAS L'AIR TRÈS EN FORME.
Peut-être plutôt un thé ?
POC
MERCI...
AH, KATA-SAN ! JE RANGERAI TOUT, VOUS POUVEZ PARTIR EN PREMIER.
D'ACCORD, MERCI !
PRENDS BIEN SOIN DE NOTRE CLIENT.
EUH...
DÉSOLÉ POUR HIER...
Mh ?
POURQUOI TU T'EXCUSES ? TU N'AS RIEN FAIT DE MAL.

OU ALORS...
TU T'EXCUSES DE M'AVOIR CACHÉ QUE TU SORTAIS AVEC ARIMURA-SEMPAI ?
TU...
TU AS REMARQUÉ, ALORS...
MH...
VU LA RÉACTION DE SEMPAI, ÇA PARAISSAIT ASSEZ ÉVIDENT. EN FAIT, JE CROIS QU'IL N'AVAIT MÊME PAS VRAIMENT L'INTENTION DE LE CACHER...
.....
Enfin...
J'AI BEAUCOUP DE QUESTIONS À TE POSER,
MAIS CE QUE JE VEUX SURTOUT TE DIRE, C'EST...
FÉLICITATIONS, ITÔ !! T'AS RÉUSSI À METTRE LE GRAPPIN SUR SEMPAI, BRAVO !!
FRANCHE-MENT,
JE SUIS IM-PRESSIONNÉ.

HA HA HA !
T'EN TIRES, UNE TÊTE !
ÇA FAISAIT TRÈS LONGTEMPS QUE TU ÉTAIS AMOUREUX DE LUI, NON ?
MATSU...
OUI ?
EN FAIT... JE N'AI AUCUNE CONFIANCE EN MOI...
ÇA ME FAIT PEUR...
SEMPAI... IL EST TOUJOURS TRÈS ATTENTIONNÉ ENVERS MOI,
MAIS J'AI PEUR DE NE PAS ÊTRE ASSEZ BIEN POUR LUI...
PARCE QUE JE SUIS UN MEC.

ITÔ, TU CONNAIS BIEN SEMPAI... ÇA FAIT DES ANNÉES QUE TU L'OB-SERVES DE LOIN.
TU CROIS VRAIMENT QU'UNE FOIS QU'IL CHOISIT DE FAIRE QUELQUE CHOSE, IL EST DU GENRE À REGRETTER ENSUITE ?
MOI, JE LE CONNAIS DEPUIS QU'ON EST GOSSES...
UNE FOIS QU'IL PREND SA DÉCISION, IL NE CHANGE PLUS D'AVIS.
IL DEVAIT BIEN SAVOIR À QUOI S'ATTENDRE EN ACCEPTANT DE SORTIR AVEC TOI.
QU'EST-CE QUI EST LE PLUS IMPORTANT À TES YEUX, ITÔ ?
TOI,
OU CE QUE LES AUTRES PENSENT DE TOI ?
TOUT DÉPEND DE TA RÉPONSE À CETTE QUESTION.
Tiens, la spécialité de Matsu
Un manju au lotus

Et moi... Est-ce que j'étais prêt à me lancer dans cette relation ?
J'ai accepté de sortir avec Sempai...
Tout en continuant à ignorer le sentiment de culpabilité au fond de moi.
Voilà pourquoi les mots de Hozumi-san m'ont tellement ébranlé.
QU'EST-CE QUI EST LE PLUS IMPORTANT POUR MOI...?
Je connais la réponse à cette question depuis très longtemps.

CUI CUI
CUI
Mais qu'est-ce que je pourrais dire pour le retenir ?
JE N'AI PAS ENVIE...
QUE YÔSUKE ME QUITTE...
On aurait légalement le droit de rester ensemble...
On ne pourrait pas se séparer sans se mettre d'accord tous les deux.
ALORS QUE LÀ, ON N'A RIEN D'AUTRE POUR SE PROUVER NOTRE AMOUR...
QUE LA PROMESSE DE NOS SENTIMENTS MUTUELS.
Si seulement on pouvait se marier... Je pourrais lui promettre beaucoup de choses avec un simple bout de papier.
Tu devrais te reposer un peu...
Oui, je vais aller faire du thé.

QU'EST-CE QUI T'ARRIVE, IKUO ? TU N'AS PAS L'AIR EN FORME.
NANA S'INQUIÈTE POUR TOI, TU SAIS.
MOI AUSSI, JE SUIS INQUIET...
COMMENT VOUS AVEZ FAIT, MAMAN ET TOI, POUR RESTER ENSEMBLE TOUTE LA VIE ?
JE VOUDRAIS FAIRE PAREIL...
Je vois...
TU SAIS, LES GENS SONT TELLEMENT DIFFÉRENTS... POUR RESTER ENSEMBLE AUSSI LONGTEMPS ? IL FAUT PLUS QUE DE L'AMOUR.
HA HA !
HEIN ?
TA MÈRE ET MOI,
ON A ENVIE DE REGARDER DANS LA MÊME DIRECTION.
IKUO, DIS-MOI,
COMMENT EST-CE QUE TU VOIS CE JARDIN ?

BEN... C'EST UN JARDIN... IL Y A DES FLEURS ET DE L'HERBE.
Tous les jardins sont pareils, non ?
DANS CE CAS, REGARDE CETTE ROSE. EST-CE QUE TU PEUX VOIR QU'ELLE EST MALADE ?
NON... JE NE CONNAIS RIEN AUX ROSES.
TOI, TU VOIS CET ENDROIT COMME UN LIEU PLEIN D'HERBE ET DE JOLIES FLEURS.
OUI, ÉVIDEMMENT.
MAIS TA MÈRE, QUI S'OCCUPE DE CE JARDIN TOUS LES JOURS, L'A REMARQUÉ TOUT DE SUITE.
ET MOI AUSSI, JE L'AI VU.
C'EST COMME QUAND TU MARCHES DANS LA RUE.
LÀ OÙ TU VAS REGARDER LES ENSEIGNES DES MAGASINS, QUELQU'UN D'AUTRE VA REGARDER LES FLEURS DU PARTERRE D'À CÔTÉ.
C'EST LE MÊME ENDROIT,
MAIS LES GENS NE VERRONT QUE CE QUI LES INTÉRESSE, ET LE RESTE, POUR EUX, C'EST COMME SI ÇA N'EXISTAIT MÊME PAS.
AH...
CHACUN DÉCIDE SOI-MÊME DE CE QUI EST DIGNE DE SON ATTENTION, ET C'EST DIFFÉRENT POUR TOUT LE MONDE.

SI TU VEUX TE RAPPROCHER D'UNE PERSONNE,
IL EST NÉCESSAIRE DE SAVOIR CE QU'ELLE RESSENT, ET DE COMPRENDRE CE QU'ELLE VEUT.
ET TOI, TU DEVRAS AUSSI ÊTRE SINCÈRE AVEC ELLE.
C'EST FACILE À DIRE, MAIS DIFFICILE À FAIRE.
PAPA...
TOI ET MAMAN, VOUS REGARDEZ DANS LA MÊME DIRECTION ?
PEUT-ÊTRE ? HONNÊTEMENT, JE NE SAIS PAS !
ARGH !
MAIS EN TOUT CAS,
LA FAÇON DONT JE VOIS LES CHOSES SE RAPPROCHE DE CELLE D'AKIKO.
ET QUAND J'Y PENSE,
J'EN SUIS VRAIMENT HEUREUX.

«Même quand les chiffres et les données n'ont aucun sens, j'arrive à deviner leur message caché, et ça me rend heureux.»
«Tu voudrais venir boire un café... chez moi ?»
«Ça ne serait pas mal non plus, une vie comme celle-ci...»
«Sempai»...

Yôsuke et moi...
Est-ce qu'on voit la même chose ?
AH
AU FAIT, MASATO, QUELQU'UN TE CHERCHAIT, L'AUTRE JOUR.
BROUHAHA
AH BON ? QUI ?
JE SAIS PAS,
QUELQU'UN QUE JE N'AVAIS JAMAIS VU. UNE DE TES CONNAIS-SANCES, PROBA-BLEMENT ?
.....
HUM...

J'Y VAIS, BONNE SOIRÉE.
TIENS, TU RENTRES DÉJÀ ? TU DOIS PRÉPARER TES AFFAIRES POUR LES ÉTATS-UNIS ?
NON, DÉSOLÉ...
JE DOIS RÉGLER UNE AFFAIRE PERSON-NELLE.
PILING
18:15
6月14日(水曜日)
LINE
il y a une minute
Hozumi san :
Tu veux venir boire un verre après le travail ? On pourra parler plus longuement
Glisser pour répondre
TING
Hozumi-san
Aujourd'hui
ux venir boire un
e après le travail ?
n pourra parler plus
longuement
D'accord.
DRIIIING
DRIIIING
ALLÔ ? OUI, C'EST ITÔ À L'APPAREIL...
DÉSOLÉ DE VOUS DÉRANGER...

JE ME SUIS DIT QUE TU NE VOUDRAIS PEUT-ÊTRE PAS QUE D'AUTRES GENS ENTENDENT NOTRE CONVERSATION,
ALORS JE ME SUIS PERMIS DE RÉSERVER UNE PIÈCE PRIVÉE, COMME ÇA ON NE SERA PAS INTERROMPUS.
D'ACCORD... JE NE SAVAIS MÊME PAS QU'ON POUVAIT FAIRE ÇA.
TU VEUX BOIRE QUELQUE CHOSE ? C'EST MOI QUI T'INVITE.
EH BIEN... ON EST VENUS POUR DISCUTER, DONC JE PRÉFÉRERAIS ÉVITER L'ALCOOL...
D'ACCORD... UN COCKTAIL SANS ALCOOL, DU COUP ?
Et ensuite, celui-ci...
Entendu.
ALORS ? TU AS PARLÉ AVEC IKU, DEPUIS ?
NON, PAS ENCORE...
ON EST OCCUPÉS PAR LE TRAVAIL, TOUS LES DEUX.
Vous vous êtes disputés, non ?
NE ME DIS PAS QUE TU ATTENDS QU'IKU SE SOIT CALMÉ ?
EN PLUS, IL Y A AUSSI CETTE HISTOIRE DE TA MUTATION À L'ÉTRANGER.

OUI, C'EST VRAI...
Ah là là...
JE NE COMPRENDS PAS LA RÉACTION D'IKU... C'EST UN MOMENT IMPORTANT DANS TA CARRIÈRE.
AH...
AU FAIT, JE SAIS QUE TU M'AS DÉJÀ REJETÉ, MAIS JE NE LUI AI PAS DIT QUE J'AVAIS DES VUES SUR TOI.
JE LUI AI JUSTE DIT QU'IL Y AVAIT UN TYPE QUI M'INTÉRES-SAIT, ET IL L'A INTERPRÉTÉ À SA FAÇON.
POURQUOI EST-CE QUE VOUS AVEZ FAIT VOTRE COMING-OUT À SEMPAI ?
À L'UNIVERSITÉ, VOUS LE CACHIEZ, POURTANT.
POURQUOI MAINTENANT ?
J'AVAIS UN PEU TROP BU, C'EST SORTI TOUT SEUL.
ET PUIS, QUAND J'AI SU QUE VOUS SORTIEZ ENSEMBLE, JE ME SUIS DIT QU'IL COMPRENDRAIT, TU VOIS ?

JE ME DISAIS QU'ON FORMAIT UN GROUPE AUX INTÉRÊTS COMMUNS, TOUS LES TROIS...
MAIS EN FAIT, TU VEUX M'EXCLURE DU GROUPE, PAS VRAI ?
ET TOI, ITÔ-KUN ?
TU ENVISAGES DE QUITTER IKU POUR PRÉSERVER SON FUTUR IDÉAL ?
OU BIEN... TU HÉSITES À DÉMISSIONNER DE L'ENTREPRISE POUR NE PAS AVOIR À LE QUITTER ?
.....
AH...
TU ES QUELQU'UN D'ADMIRABLE.
MAIS LE FARDEAU SERA TROP LOURD QUOI QUE TU CHOISISSES.
IKU TENAIT TANT À ÊTRE HEUREUX AVEC TOI...
IL RISQUE D'ÊTRE DÉGOÛTÉ QUAND IL APPRENDRA QUE TU AVAIS DES ARRIÈRE-PENSÉES PENDANT TOUT CE TEMPS.

!
GLISSE...
NE GARDE PAS TOUT POUR TOI.
EXPRIME CE QUE TU RESSENS, OU ÇA TE DÉTRUIRA DE L'INTÉRIEUR...
QU... QU'EST-CE QUE VOUS FAITES ?!
PLAF !
SI TU VEUX TE DÉTENDRE, JE PEUX AUSSI TE FAIRE GOÛTER À UN NOUVEAU TYPE DE PLAISIR...
ARRÊTEZ... OU JE CRIE !
TU PEUX CRIER. ÇA T'EXCITE DE FAIRE ÇA EN ÉTANT OBSERVÉ ?
IL Y A BEAUCOUP DE COUPLES QUI VIENNENT SE PELOTER ICI,
JE SUIS SÛR QUE LES SERVEURS NE DIRONT RIEN.

ALLEZ, ITÔ-KUN...
TU N'ES PAS OBLIGÉ DE PENSER TOUT LE TEMPS À IKU...
C'EST JUSTEMENT PARCE QUE JE PENSE TOUT LE TEMPS À LUI QUE VOUS ÊTES EN COLÈRE, PAS VRAI ?

VOUS ÊTES AMOUREUX DE LUI.
PARDON ?
QU'EST-CE QUI TE FAIT CROIRE ÇA ?
HOZUMI-SAN,
J'AI MENÉ MA PETITE ENQUÊTE SUR VOUS.
STOP...
JE VOULAIS SAVOIR CE QUE VOUS AVIEZ EN TÊTE,
ET POURQUOI VOUS AGISSEZ COMME VOUS LE FAITES.
VOUS VOUS ÊTES RAPPROCHÉ DE MOI POUR PARVENIR À BRISER MA RELATION AVEC SEMPAI,
N'EST-CE PAS ?
.....

TU AS ENQUÊTÉ SUR MOI, ITÔ-KUN ? INCROYABLE...
ET SI C'ÉTAIT VRAI, QU'EST-CE QUE TU FERAIS ?
HI HI
IKU EST MARRANT.
JE L'AI À PEINE PROVOQUÉ, ET IL S'EST MIS EN COLÈRE TOUT DE SUITE...
CLIC
JE ME DEMANDE CE QU'IL DIRA SI JE LUI ENVOIE QUELQUES PHOTOS TENDAN-CIEUSES DE TOI DANS LES BRAS D'UN AUTRE HOMME.
N'EMPÊCHE, JE N'ARRIVE PAS À CROIRE QUE TU AIES EU LE CULOT D'ENQUÊTER SUR MOI.
SHUUP...
JE CROIS QUE JE VAIS VRAIMENT TE VIOLER POUR TE PUNIR...
VOUS ÊTES TRÈS DOUÉ POUR REPÉRER LES POINTS FAIBLES DES GENS, HOZUMI-SAN...
IL A SUFFI DE QUELQUES CONVERSA-TIONS À PEINE, ET VOUS M'AVEZ COM-PLÈTEMENT FICELÉ.

VOUS M'AVEZ VRAIMENT FAIT BEAUCOUP DE MAL.
ET VOUS AVEZ FAIT LA MÊME CHOSE À SEMPAI, PAS VRAI ?
JE NE VOUS LE PARDONNERAI JAMAIS.
PFFF !
TU FERAIS MIEUX DE PENSER À TOI AVANT DE PENSER AUX AUTRES.
Tu veux que je m'agenouille devant toi pour m'excuser ?
VOUS PENSIEZ VRAIMENT QUE J'ALLAIS AVEUGLÉMENT VENIR ME JETER DANS LA GUEULE DU LOUP ?
ÇA VEUT DIRE QUOI, ÇA ? T'AS ENREGISTRÉ NOTRE CONVERSATION ?
SI C'EST VRAI, C'EST DOMMAGE DE RÉVÉLER ÇA MAINTENANT... TU AURAIS DÛ ATTENDRE D'ÊTRE SUR LE POINT DE PARTIR.
NON.
JE N'ENREGISTRE PAS, MAIS IL Y A QUELQU'UN QUI ÉCOUTE NOTRE CONVERSATION EN CE MOMENT MÊME.
FLOUP

UN APPEL...?
BOBOM
C'EST IKU...?
Masato,
c'est moi.
Ça fait longtemps.
90XXXXXXXX
APPEL
MA... MARIÉ !?
J'ai tout entendu. C'est pas très gentil, ce que tu fais.
MAIS... COMMENT TU...
Je me doutais que tu étais sur le point de faire des bêtises,
Alors j'ai raconté à ce petit tout ce que je savais.

Masato…
Quand tu fais ce genre de choses,
c'est à toi-même que tu fais le plus de mal, tu le sais, non ?
OUI...
MERCI, JE PRENDS LE RELAIS.
POC
MARIÉ KURODA.
VOUS FAISIEZ JUSTE SEMBLANT D'ÊTRE ENSEMBLE, MAIS VOUS ÉTIEZ TRÈS PROCHES.
C'EST ELLE QUI VOUS CONNAÎT LE MIEUX AU MONDE, N'EST-CE PAS ?
ÇA FAIT LONGTEMPS QUE VOUS NE VOUS ÊTES PAS VUS, MAIS ELLE S'INQUIÈTE TOUJOURS À VOTRE SUJET, ON DIRAIT.

C'EST BIEN DIGNE DU JEUNE ESPOIR DE LA SECTION MARKETING.
Sérieuse-ment...!
HA HA HA !
C'ÉTAIT DRÔLE D'ENQUÊTER ?
TU DEVRAIS SONGER À TE RECONVERTIR EN DÉTECTIVE PRIVÉ.
PFF...
HA HA !
JE N'ARRIVE PAS À CROIRE QUE TU AIES CONTACTÉ MARIÉ.
C'EST BON, J'AI DÉBANDÉ, LÀ...
Arimura ?
Ah oui, le garçon pour qui Masato avait un faible à l'université...

Il ressemblait un peu à un homme qui avait brisé le cœur de Masato.
Il a toujours eu un faible pour ce genre de types.
Il a réprimé ses sentiments pour lui,
mais peut-être qu'en secret, il est tombé amoureux de lui.
Et quand il vous a vus ensemble, il a dû avoir envie de vous détester.
Quel idiot...
Il voulait se persuader qu'un amour entre un homme gay et un homme hétéro était impossible.
Même si ça peut vous paraître absurde.
VOUS ÉTIEZ TELLEMENT DÉSESPÉRÉ QUE VOUS ÉTIEZ PRÊT À ALLER JUSQUE-LÀ,
QUITTE À PERDRE L'AMITIÉ DE SEMPAI...
SI VOUS ÊTES INCAPABLE DE TROUVER LA SATISFACTION AUTREMENT QU'EN BRISANT DES COUPLES COMME LE NÔTRE,
ÇA VEUT DIRE...

QUE VOUS DEVEZ VRAIMENT VOUS SENTIR TRÈS SEUL.
CLAC...
ガラ
TU AS L'AIR TIMIDE COMME ÇA...
MAIS TES CONTRE-ATTAQUES SONT RE-DOUTABLES, ITÔ-KUN.
EH BIEN, JE TE SOUHAITE BON COURAGE.
AVEC UN TYPE COMME LUI... ÇA NE MARCHERA PAS TRÈS LONGTEMPS ENTRE VOUS.
JE NE COMPTE PAS VOUS PARDONNER DE CE QUE VOUS AVEZ FAIT...
MAIS IL Y A UNE CHOSE POUR LA-QUELLE JE VEUX VOUS REMERCIER.

GRÂCE À VOUS, J'AI ENFIN PU AFFRONTER LES SENTIMENTS QUE JE REFOULAIS À L'INTÉRIEUR DE MOI...
MAINTENANT, JE SUIS SÛR D'UNE CHOSE...
JE NE VEUX ABSOLUMENT PAS PERDRE SEMPAI.

DRIIIIING
ピルルルルル
DRIIIIING
ピルルルルル
DRIIIIING
ピルルル ー…
Marié
QUOI, ENCORE ?
Où est-ce que tu es, là ?
Je te rejoins, on va boire ensemble.

Je veux voir Sempai...
TAXI
Et je veux lui parler.
Je veux qu'on découvre comment on pourra rester ensemble toute notre vie...
ヴリ――ッ
VRRRR...
Arimura-sempai
!
A... ALLÔ ?
Yôsuke…? Je ne te dérange pas ?
NON...
EN FAIT... J'ÉTAIS SUR LE POINT DE T'APPELER, SEMPAI...
C'est vrai ?
Écoute, Yôsuke…
SEMPAI, EST-CE QUE TU VEUX BIEN QU'ON SE VOIE, LÀ ?

À VRAI DIRE... JE SUIS DÉJÀ EN ROUTE VERS CHEZ TOI...
Hein…?
TU TE SOUVIENS DE CET ENDROIT ?
BIEN SÛR...
TU ÉTAIS ASSIS SUR LA BALANÇOIRE APRÈS T'ÊTRE FAIT JETER, ET TU DÉPRIMAIS.
ÇA, TU POUVAIS L'OUBLIER !
D'UNE CERTAINE FAÇON, MOI AUSSI, CE JOUR-LÀ, TU M'AS JETÉ.
MÊME SI JE VOULAIS L'OUBLIER, JE NE POURRAIS PAS.

À CE MOMENT-LÀ, JE NE VOYAIS PAS LES MÊMES CHOSES QUE TOI...
?
RIEN, JE PARLAIS TOUT SEUL.
AU FAIT, À PROPOS DE CETTE MUTATION, QU'EST-CE QUI VA SE PASSER ?
TU AS PRIS UNE DÉCISION ?
EN FAIT... J'HÉSITE ENCORE.
MAIS JE DOIS DONNER MA RÉPONSE LA SEMAINE PROCHAINE...
.....
TU AS QUAND MÊME ENVIE D'Y ALLER, PAS VRAI ?
TU AIMES BEAUCOUP TON TRAVAIL, APRÈS TOUT.
OUI, C'EST VRAI... ÇA M'INTÉRESSE...
MAIS...

ÉCOUTE, YÔSUKE... JE VOULAIS À TOUT PRIX FAIRE BONNE FIGURE DEVANT TOI...
!
MAIS QUAND TU M'AS DIT QUE TU AVAIS PEUR QUE JE TE QUITTE POUR ME MARIER,
IL A FALLU QUE JE PRENNE UN PEU DE TEMPS POUR DIGÉRER.
EUH...
DÉSOLÉ... JE N'AURAIS PAS DÛ DIRE ÇA...
NE T'IN-QUIÈTE PAS,
JE NE SUIS PAS EN TRAIN DE T'AC-CUSER.
MOI AUSSI, J'AI BEAUCOUP DE CHOSES À ME REPROCHER.
J'ÉTAIS JALOUX DES AUTRES,
JE NE VOULAIS PAS QU'ON TE TOUCHE, JE NE VOULAIS PAS QUE TU REGARDES QUELQU'UN D'AUTRE QUE MOI...
JE NE PENSAIS QU'À ÇA, ÇA ME RENDAIT DINGUE.
ET À CAUSE DE ÇA, JE N'AI PAS VRAIMENT ÉCOUTÉ CE QUE TU VOULAIS ME DIRE.

POURTANT, JE SAVAIS CE QUE TU PENSAIS...
JE VOULAIS À TOUT PRIX PARAÎTRE IMPASSIBLE, MAIS EN VRAI... J'AI TOUT GÂCHÉ.
HA HA...
JE SUIS VRAIMENT NUL.
PARDON, JE SUIS ÉGOÏSTE...
EST-CE QUE...
TU ES DÉÇU ?

PARDON, SEMPAI...
JE NE SAVAIS PAS DU TOUT QUE TU PENSAIS À CE GENRE DE CHOSES.
JE N'AI MÊME PAS REMARQUÉ...
MINCE...
JE NE SAIS PAS QUOI FAIRE...
YÔSUKE...?
JE SUIS TROP HEUREUX...
HEIN...?!
BAH OUI ! C'EST UNE SUPER DÉCLARATION D'AMOUR, QUE TU VIENS DE ME FAIRE...
.....
JE SUIS TROP ÉMU, JE NE SAIS PAS COMMENT RÉAGIR...
カァァァ...
ROUGIIIT...

Euh... Maintenant que tu le dis, peut-être...
BOBOM...
TU SAIS, JE VIENS DE VOIR HOZUMI-SAN...
L'AUTRE FOIS, QUAND HOZUMI-SAN M'A DIT QUE J'ÉTAIS GAY... POUR ÊTRE HONNÊTE, MOI, JE N'EN SAVAIS TROP RIEN.
J'AI ESSAYÉ DE SORTIR AVEC UNE FILLE, ET ÇA S'EST MAL PASSÉ...
JE NE ME VOYAIS PAS DU TOUT ME MARIER UN JOUR.
EN FAIT...
TU ES LA SEULE PERSONNE DONT JE SOIS JAMAIS TOMBÉ AMOUREUX, SEMPAI...

MAIS POUR TOI, C'EST DIFFÉRENT.
TES PARENTS SERAIENT TELLEMENT CONTENTS SI TU TE MARIAIS AVEC UNE JOLIE FILLE...
VOUS AURIEZ UN BEAU BÉBÉ QUI TE RESSEMBLERAIT...
JE N'AI AUCUN MAL À L'IMAGINER.
ET POURTANT... JE ME DISAIS QUE SI TU RESTAIS AVEC MOI, TU DEVRAIS TIRER UN TRAIT SUR TOUTES CES POSSIBILITÉS.
ET JE ME SENTAIS TERRIBLEMENT COUPABLE...
MAIS ENSUITE,
JE N'AI PLUS EU LE COURAGE DE TE LAISSER PARTIR...
JE...

FINALEMENT...
J'AI RÉALISÉ QUE C'ÉTAIT ÉGOÏSTE DE MA PART DE PENSER COMME ÇA.
EN FAIT, J'AVAIS JUSTE PEUR D'ÊTRE BLESSÉ ET DE SOUFFRIR...
AH BON...
ET ÇA, HOZUMI-SAN L'A TRÈS BIEN COMPRIS...
C'EST POUR ÇA QU'IL A VOULU TE PROVOQUER.
AH BON ?
ALORS IL A FAIT EXPRÈS DE M'AGACER ?
L'enfoiré !

QUAND ON EST HONNÊTE ENVERS SOI,
C'EST QU'ON EST AUSSI CA-PABLE D'ÊTRE HONNÊTE ENVERS SON PARTENAIRE.
GRIP
!
JE TE LE RÉPÉTERAI CHAQUE FOIS QUE TU EN AURAS BESOIN.

QUAND TU SERAS INQUIET, QUAND TU AURAS L'IMPRESSION QUE TOUT VA MAL...
JE TE DIRAI «TOUT VA BIEN».
ET JE TE SERRERAI DANS MES BRAS COMME MAINTENANT...
JUSQU'À CE QUE TU TE SENTES MIEUX.
Il y a encore...
Tant de choses qu'on ne sait pas, tant de choses qu'on ne s'est pas dites...

DANS CE CAS, MOI AUSSI...
JE TE LE RÉPÉTERAI TOUT LE TEMPS...
TU ES LE SEUL QUE J'AIME, SEMPAI.
Il faut qu'on communique plus.
Il faut qu'on parle du passé, du futur,
de nous deux...

YÔSUKE... MÊME SI ON SORT ENSEMBLE...
JE N'AI AUCUNE ENVIE DE CONTRÔLER TA VIE OU CE QUE TU CHOISIS DE FAIRE.
C'EST TOI QUI DOIS CHOISIR.
TU RÉFLÉCHIRAS LONGUEMENT À TA RÉPONSE, ET MOI, JE L'ACCEPTERAI.
OUI...
JE SAIS QUE TU FERAS TOUT CE QU'IL FAUDRA POUR ÊTRE LE PLUS HEUREUX POSSIBLE,
ET JE COMPTE BIEN T'ACCOMPAGNER SUR CE CHEMIN-LÀ.

Je ne connais personne d'autre...
Dont les paroles arrivent à ce point...
à me remplir de bonheur.
Aah...
Sempai...
JE VEUX ALLER AUX ÉTATS-UNIS.
D'ACCORD.
DANS CE CAS, LANCE-TOI.
OUI...

ALORS...
TU VOUDRAS BIEN M'ATTENDRE ?
Je crois qu'hier encore, j'aurais été incapable de le dire.

JE SUIS RENTRÉ !
TIENS, NANA, JE T'AI RAMENÉ UN PETIT CADEAU !
Des taiyaki* tout chauds !
NANA
MERCI !
T'AS L'AIR DE BONNE HUMEUR, ANIKI, C'EST BIZARRE...
AH !
JE SAIS ! T'AS «RENDEZ-VOUS» AUJOURD'HUI, C'EST ÇA ?
C'EST ÇA !
ALORS ESSAIE DE NE PAS ME DÉRANGER COMME LA DERNIÈRE FOIS, D'ACCORD ?
POUR UNE FOIS QU'ON EST DE REPOS EN MÊME TEMPS !
OK, OK.
Amuse-toi bien.

Change World

Last Episode

SPLASH
BON... J'AI PAS D'ÉPI BIZARRE ?
Parfait...
IL RESTE ENCORE UNE HEURE AVANT LE RENDEZ-VOUS...
TAP
TAP

Coucou, Yôsuke !
BONJOUR, SEMPAI.
T'as l'air d'aller bien, ça fait plaisir !
COMMENT ÇA VA, LÀ-BAS ?
J'AI HALLUCINÉ EN VOYANT LA NEIGE SUR LA PHOTO QUE TU M'AS ENVOYÉE TOUT À L'HEURE !
Oui, il fait très froid.
Aujourd'hui, la météo annonce moins quinze degrés.
OUAH !

J'aimerais pas être à ta place !
Je me suis bien habitué à vivre à New York.
La vie est tellement différente du Japon que parfois,
au boulot, j'avais l'impression d'être écrasé par la pression.
Mais grâce à Sempai, qui a toujours été là pour m'encourager et me sourire,
j'ai réussi à m'y habituer.
N'EM-PÊCHE,
SI J'ÉTAIS AVEC TOI, ÇA ME SERAIT ÉGAL QU'IL FASSE FROID.

De toute façon, Yôsuke…
Tu me ferais un câlin pour me tenir chaud, pas vrai ?
ROUGIIIIIT…
CLIC !
AH !! HÉ !!
Pourquoi t'as éteint la caméra ?!
C'est pas juste !
Mignon…?
C'est bon, désolé !
Mais rallume la caméra, Yôsuke, je veux te voir !
C'EST DE TA FAUTE, SEMPAI…
C'EST TROP MIGNON, CE QUE TU DIS, J'AI LE CŒUR QUI VA EXPLOSER !
Je l'aime trop…

ET DE TON CÔTÉ, SEMPAI, QUOI DE NEUF ?
Ben…
Ah, Hozumi-san m'a envoyé un message.
NON, PAS VRAIMENT… ON NE S'EST VUS QUE CETTE FOIS-LÀ, DONC ÇA FAIT UN BAIL DEPUIS.
On va aller boire un verre avec les gens de notre club à l'université.
STOP…
EUH… TU VAS SOUVENT BOIRE UN VERRE AVEC HOZUMI-SAN, NON ?
L'AUTRE FOIS AUSSI, TU M'AS DIT QUE VOUS ÉTIEZ SORTIS ENSEMBLE…
Ah bon…
ずもも… MENAÇANT…
Sempai…
Ne pardonne pas trop vite à Hozumi-san.
HEIN ?!
C'est quoi cette tête ?!

ON DIRAIT QUE TU NE FAIS PLUS TROP DE BÊTISES, CES DERNIERS TEMPS... PAS VRAI ?
NON... ÇA NE M'AMUSE PLUS, MAINTENANT.
SURTOUT QU'IL Y A QUELQU'UN QUI N'A PAS HÉSITÉ À ME TRAHIR ET À BALANCER DES INFOS CONFIDENTIELLES SUR MARIÉ ET MOI...
TU VOIS DE QUI JE PARLE, HEIN, PATRON ?
CRIC !
... TOUT LE MONDE S'INQUIÈTE POUR TOI, MASATO.
JE NE SAIS PAS SI TU TE RENDS COMPTE À QUEL POINT LES AUTRES T'AIMENT.
Y compris moi.
TU DIS ÇA ALORS QUE T'AS DÉJÀ LA BAGUE AU DOIGT, BONJOUR L'AMOUR !
VOUS ÊTES TOUS LES MÊMES...
GLOUPS
Yôsuke m'a tout dit.
Tu as fait exprès de nous provoquer parce que tu t'inquiétais pour nous...
De quoi tu voulais me parler ?

Hmmm...
Toujours aussi naïf...
Pardon ?
Non, je me parlais à moi-même.
Et après ?
Rien... Je me demandais juste si c'était tout ce que tu avais en tête.
Hein ?
Hozumi-san, honnêtement, tu étais vraiment amoureux de Yôsuke, non ?
HI HI
Je préfère te laisser dans le doute... C'est plus marrant comme ça, non ?
Ça n'a rien de marrant !!
Je te préviens, Yôsuke est à moi !!
Ouais, ouais... Ha ha.

Je sais que tu es quelqu'un de très observateur, Hozumi-san...
C'est pour ça que je me suis senti piqué au vif quand tu as dit que je ne pensais pas à l'avenir...
Peut-être que tu me trouves naïf, mais...
Ça m'est égal. Je veux faire ma vie avec lui, rire avec lui et pleurer avec lui...
Et je veux profiter de chaque instant passé à ses côtés, même si c'est peut-être ridicule à tes yeux.
Pour moi, le plus important, c'est le présent.

Dis donc, tu m'as fait venir juste pour te vanter de ta vie amoureuse, ou quoi ?
Je te dis ça parce que je te respecte, Hozumi-san.
Et c'est rare que je te fasse des compliments, alors arrête de râler.
OK ?
Je n'arrive pas à savoir si tu as changé ou si tu es toujours le même...
CHUCHOTE...
Mais n'empêche, dis-moi, t'es pas trop frustré, côté sexe ?
Je te plains, tu dois avec de sacrées crampes à la main droite.
Ça te regarde pas...
Si tu te sens un peu trop seul sans Itô-kun...
N'oublie pas que tu peux toujours te servir de moi comme pièce de remplace-ment.
GRIP

Mais qu'est-ce que tu racontes ?
Arrête de draguer tous les mecs qui passent !
POF
Et en plus, ne dis pas ça, c'est trop triste !
À mes yeux, Hozumi-san,
tu ne seras jamais une pièce de remplacement.

LES TYPES COMME IKU, ON A ENVIE DE LEUR ACCORDER TOUTE NOTRE CONFIANCE.
C'EST DÉJÀ UN MIRACLE QUE QUELQU'UN D'AUSSI GEN-TIL EXISTE DANS CE MONDE...
HAA
GLING
SI TU TE TROUVES UN COPAIN COMME LUI UN JOUR,
DIS-LE-MOI, JE PRÉPARERAI DU SEKIHAN* ET UN GÂTEAU POUR FÊTER ÇA.
JE DÉTESTE LE SEKIHAN !
[*Le sekikan, composé de riz et de haricots rouges, est un plat traditionnellement préparé pour les occasions spéciales.]
Et il arrête pas de la contacter en ce moment, ils sont toujours en train de se parler !
T'en penses quoi, toi, de Matsu ?
S'IL EST GENTIL AVEC ELLE, OÙ EST LE PROBLÈME ?
JE LES AIME BEAUCOUP TOUS LES DEUX, J'ESPÈRE QUE ÇA MARCHERA ENTRE EUX.

Lui alors, je te jure… S'il fait du mal à ma sœur, je le tue !
BAM
QUEL GRAND FRÈRE GAGA...
TOC
TOC
TCHAC !
Hi !
YÔSUKE !
SI TU N'AS PAS ENCORE MANGÉ, ÇA TE DIT QU'ON AILLE DÉJEUNER ENSEMBLE ?
AH,
DÉSOLÉ, MAIS JE SUIS EN TRAIN D'APPELER QUELQU'UN... JE TE REJOINS PLUS TARD.
Okay
C'était qui ?
AH, C'EST MON NOUVEAU COLOC, IL EST ARRIVÉ LE MOIS DERNIER... IL S'APPELLE WILL.
TON PETIT AMI ?
...EXACTEMENT.
La honte...

Hmmmm…
Non, c'est rien.
LES LOYERS SONT CHERS À NEW YORK… C'EST NORMAL DE FAIRE DE LA COLOCATION.
EN PLUS, C'EST UN BÂTIMENT QUI VOUS EST LOUÉ PAR L'ENTRE-PRISE, NON ? JE COMPRENDS TOUT À FAIT.
Pour info, je ne suis pas du tout en train de bouder, ok ?
BOBOM
Il a une très jolie fiancée.
GLOUPS...
Et tu es le seul que j'aime, Sempai.
MOI AUSSI, TU ES LE SEUL QUE J'AIME...

Le plus chiant, dans cette relation à distance, c'est qu'on soit dans l'impossibilité de se faire des câlins quand on est inquiets…
C'est pas drôle.
Parfois, le fait d'être loin de Sempai me rend anxieux.
Mais bizarrement, j'ai l'impression qu'on est plus proches que jamais.
J'ai si peu de temps pour le voir et pour lui parler que je profite de chaque instant.
Et je crois que c'est pareil pour lui.
On se fait complètement confiance…
VOILÀ POURQUOI…
JE N'AI ABSOLUMENT AUCUNE RAISON DE M'INQUIÉTER…
Mais bon, ça ne m'empêche pas d'être jaloux parfois.
KHOF KHOF

Dans ce cas-là, quand je reviendrai au Japon…
On se rattrapera sur tous les câlins manqués.
HA HA !
PRÉPARE-TOI À ÊTRE ASSAILLI DE BISOUS, ALORS !
Mais...
Il y a quelque chose que je ne lui ai pas encore dit...
Parce que j'ai peur d'être incapable de me calmer si je lui en parle.
ÉCOUTE, SEMPAI...
Oh, pardon, Yôsuke… J'ai travaillé jusque tard hier soir, je suis un peu crevé…
BÂILLE...

AH !
DÉJÀ CETTE HEURE-LÀ...
DÉSOLÉ, SEMPAI, JE N'AVAIS PAS VU QU'IL ÉTAIT SI TARD.
VA TE COUCHER ET RE-POSE-TOI BIEN !
Non…
Je veux continuer à te regarder, Yôsuke…
Je veux…
entendre ta voix…
BÂILLE
AH...
TU VAS PRENDRE FROID, SEMPAI...
VA VITE TE METTRE AU LIT...
ZZZ ZZ ZZ...
JE VOULAIS TE FAIRE LA SURPRISE,
MAIS J'AI COMPLÈTEMENT RATÉ MON TIMING...

SEMPAI...
J'AI REÇU MON ORDRE DE MUTATION.
13:55
ON POURRA SE REVOIR TRÈS BIENTÔT.

Dans ce monde où tout n'est que coïncidence et inéluctabilité...
Il existe parfois des choses que personne ne peut expliquer, qu'on appelle des «miracles».
Mais ce ne sont rien de plus que les résultats de nos actions.
Arimura
Chef Arimura !
Pour nous, c'est probablement...

Ce qu'on appelle «la vie»...
HÉ, IKUO !
TU SAIS, QUAND TU M'AS ACCOMPAGNÉE AU TRAVAIL L'AUTRE JOUR ?
MH ?
IL Y A UNE DE MES COLLÈGUES QUI NOUS A VUS ENSEMBLE, ET ÇA A ÉTÉ LE COUP DE FOUDRE !
ELLE M'A DIT QU'ELLE ADORERAIT TE RENCONTRER.
OOH !
J'adore ce genre de conversation !
QU'EST-CE QUE TU EN DIS ? ELLE EST MIGNONNE ET TRÈS GENTILLE !
AAH...
DÉSOLÉ, MAIS JE SORS AVEC QUELQU'UN EN CE MOMENT...
AH BON, C'EST VRAI ?

À QUOI ELLE RESSEMBLE ?
VOUS PENSEZ AU MARIAGE ?
JE NE PEUX PAS VOUS RÉPONDRE POUR L'INSTANT.
ON VOUS EN REPARLERA TOUS LES DEUX PLUS TARD...
CE QUE VOUS DEVEZ SAVOIR...
C'EST QUE JE L'AIME DE TOUT MON CŒUR.

OOOOH...
EH BIEN...
ÇA DOIT TE CHANGER LA VIE, IKUO.
OUI...
TCHAC
カチャ
HÉ, ANIKI !
T'ES UN MEC BIEN, EN FAIT !
HI HI !
C'EST SEULEMENT MAINTENANT QUE TU LE REMARQUES ?

BROUHAHA
BROUHAHA
BON, JE VAIS PASSER VITE FAIT AU BUREAU, ON SE VERRA PLUS TARD.
D'AC-CORD.
À la semaine pro-chaine !
MERCI POUR TOUT.
ROULE
ROULE

TAP
コッ
コッ
TAP
コッ
TAP
TAP!
モノレール
Monorail
HAA...
HAA...
HAA...
HAA...
HAA...
VROOOOOM
ROULE...

YÔSUKE !

ROULE
ROULE
ROULE
BIENVENUE CHEZ TOI !
BISOU

POUF...
MERCI...
SEMPAI...

OYAL PARK HOTEL
TU VAS RETOURNER VIVRE CHEZ TES PARENTS EN ATTENDANT DE TROUVER UN NOUVEL APPARTEMENT, C'EST ÇA ?
AU FAIT, TU VEUX QUE JE DEMANDE QU'ON MONTE LE RESTE DE BAGAGES ?
EUH, OUI...
BONNE IDÉE.
C'est la réalité...
Sempai est devant moi...
POF...
YÔSUKE...?

IL Y A QUELQUE CHOSE... QUE JE N'AI JAMAIS RÉUSSI À TE DIRE PENDANT DEUX ANS ET DEMI...
QUOI ?
BOBOM
TU M'AS MANQUÉ, SEMPAI...
HAA
QUAND TU ÉTAIS LOIN DE MOI...
JE ME DISAIS QUE J'AVAIS RÉUSSI À ME CALMER UN PEU...

PLAF
MAIS LÀ, JE SUIS INCAPABLE DE ME RETENIR...
FUIP
BISOU
NH...
BISOU
BISOU
HH...
NH...

HAA...
HAA...
FLAP
C'EST SON ODEUR...
L'ODEUR DE SEMPAI...
JE...
JE VEUX TE TOUCHER, SEMPAI...
NON... MOI D'ABORD.

BOBOM
C'EST PAS JUSTE... MOI AUSSI, JE VEUX...
BISOU
AH...
BISOU
AH...
CARESSE...
NNH...
FRISSON
JE ME SUIS TOUCHÉ PLUSIEURS FOIS PENDANT QU'ON PARLAIT EN VIDÉO...
JE T'IMAGINAIS TOUT LE TEMPS EN TRAIN DE GÉMIR, DE L'AUTRE CÔTÉ DE L'ÉCRAN...
JE PENSAIS AU PLAISIR QUE JE TE DONNERAIS SI TU ÉTAIS LÀ AVEC MOI...
......
J'AURAIS BIEN AIMÉ TE VOIR JOUIR AU SON DE MA VOIX...
A... ARRÊTE...
NE DIS PAS ÇA...
C'EST MA PETITE VENGEANCE POUR AVOIR ATTENDU SI LONGTEMPS.
FUIP

SLURP...
MAIS TU M'EXCITES BEAUCOUP PLUS LÀ MAINTENANT QUE DERRIÈRE UN ÉCRAN...
TU ES ADORABLE, YÔSUKE...
SLURP
AAH...!
SLURP
S... SEMPAI...
BOBOM
.....
GRIP
JE... JE VAIS JOUIR...
RE... RECULE-TOI...
SLURP
SLURP
FLUIP...
FUIP
FLOUP
AH !
AAH...
BOBOM

HYAA...
AAH...
PAS... LES DEUX À LA FOIS...
SLURP
FLOUP
AAH... JE...
BOBOM
AAAH !!
TU...
SLURP
TU AS AVALÉ ?!
HAA...
HAA...
HAA...
UUUH...
AH...
TU N'AS PAS AIMÉ ?
DÉSOLÉ, YÔSUKE, ÇA FAISAIT TELLEMENT LONG-TEMPS...
J'AVAIS ENVIE DE TE DÉVORER TOUT ENTIER...
C... C'EST PAS ÇA...

MAIS C'EST PAS JUSTE QUE CE SOIT TOI QUI FASSES TOUT...
MOI AUSSI...
JE VEUX TE FAIRE UNE FELLATION...
HHH...
MOI NON PLUS, ÇA NE ME DÉPLAIRAIT PAS, MAIS...
J'AI VITE ENVIE D'ÊTRE À L'INTÉRIEUR DE TOI... D'ÊTRE CONNECTÉ À TOI...
FLUIP...
O... OUI...
BOBOM
TU AS UNE PRÉFÉRENCE ?
ON FERA ÇA COMME TU VOUDRAS.

P... POURQUOI...
TU ME TORTURES AUTANT...?
GRIP
TOUT CE QUE JE VEUX, C'EST QUE TU TE DÉPÊCHES, SEMPAI...
JE T'AIME...
JE T'AIME, YÔSUKE.
WHAM
S... SEMPAI...
OUAH !
AH !
PAF
PAF
WHAM
AAH...!
JE T'AIME...

BOBOM
TON SEXE EST BRÛLANT, SEMPAI...
IL EST ÉNORME...
AH...
GRIP
C'EST TROP BON...
Y... YÔSUKE...
HH...
HAA...
DESSERRE UN PEU TES BRAS... JE NE VAIS PAS POUVOIR BOUGER, SINON.
HAA...
HAA...
N... NON... PAS QUESTION...
J'en ai rêvé des dizaines de fois.
JE NE VEUX PAS TE LÂCHER, SEMPAI...
Je rêvais que Sempai me tenait dans ses bras.
Mais...
Quand je me réveillais, j'étais toujours tout seul.

GRIP
.....
ET COMME ÇA, ÇA VA ?
EN PLUS,
TU PEUX VOIR MON VISAGE... C'EST MIEUX, NON ?
O... OUI...
SEMPAI... JE T'AIME...
Si c'est un rêve...

QUEL BONHEUR...
QUE TU SOIS REVENU...
MON YÔSUKE...
Je voudrais...
Qu'on ne me réveille jamais.

AH !
ZZZZ...
Tu ne dors pas ?
Tu as eu un long vol... Tu n'es pas fatigué ?
Si, mais...

J'ai peur de me réveiller...
Et de me rendre compte que tu n'étais pas là et que ce n'était qu'un rêve...
SERRE...
Dans ce cas...
Je te tiendrai la main toute la nuit...
Jusqu'à ce que tu te réveilles demain matin.

C'est bien vrai...
Sempai...
Est de nouveau à mes côtés.

OUAIIIIIIIS !!!
KSS
KSS
KSS
KSS
KSS
J'ARRIVE PAS À Y CROIRE ! FAIRE UN MAUVAIS LANCER À UN MOMENT PAREIL !
OUI, C'EST DOMMAGE... MAIS LA PROCHAINE FOIS, ILS GAGNERONT.
ET ON REVIENDRA LES ENCOURAGER, SEMPAI.
CARRÉMENT !
ON VA FAIRE DE NOTRE MIEUX !

Oui, enfin...
C'EST SURTOUT AUX JOUEURS DE FAIRE DE LEUR MIEUX.
T'ES DUR, YÔSUKE !
KSS
KSS
KSS
KSS
AU FAIT, T'AS FAIM ? ON VA MANGER DES RAMENS ?
MAIS D'ABORD, ON VA DÉPOSER LES COURSES.
AH BON ? MAIS QU'EST-CE QU'ON VA FAIRE DES INGRÉ-DIENTS ?
TU AS DIT QUE TU VOULAIS PRÉPARER TES PÂTES SPÉ-CIALES, ALORS ON A ACHETÉ PLEIN DE CHOSES.
MMH...
C'EST PAS GRAVE, ON PEUT LES FAIRE DEMAIN !
AH, NON !
DEMAIN, C'EST MOI QUI FAIS À MANGER.
DING !
EN PLUS, SI LES ALIMENTS SE PÉRIMENT, CE SERA DU GÂCHIS.
D'AUTANT QU'ON A PRIS PLEIN DE BONNES CHOSES.

Banane !
EN FAIT, TU VEUX ABSOLUMENT MANGER MES SUPER PÂTES ET TU N'OSES PAS LE DIRE, C'EST ÇA ?
.....
CLAC

Ça fait une semaine que je suis revenu de l'étranger, et je peux enfin revoir Sempai.
J'attendais ça avec impatience.
Le vœu d'une nuit de pleine lune
FINALEMENT, JE SUIS ENCORE ARRIVÉ TROP TÔT...
BOBOM
BOBOM
On a continué à se voir pendant que j'étais à l'étranger par caméras interposées, mais...
BOBOM
Lorsque je suis revenu et qu'on a fait l'amour à l'hôtel...
J'ai eu l'impression que mes sentiments devenaient un tsunami impossible à arrêter.
BOBOM
BOBOM
C'EST COMME SI ON VENAIT JUSTE DE COMMENCER À SORTIR ENSEMBLE !!
BOBOM
BOBOM
Calme-toi un peu, mon cœur !

FIIIXE...
IL FAUDRAIT QUE JE ME TROUVE UN APPART DÈS QUE POSSIBLE...
1LDK
14.9万円
3DK
COMME ÇA, ON POURRA SE DONNER RENDEZ-VOUS PLUS FACILEMENT.
Dans mon prochain appart, je veux avoir une grande cuisine...
Du genre, avec un bar, et trois feux pour faire à manger.
AAH...
Peut-être même...
Qu'on pourrait vivre ensemble...
IL M'AVAIT DÉJÀ DEMANDÉ UNE FOIS ET J'AVAIS DIT NON, MAIS BON...
Haa...

J'ÉTAIS PAS ENCORE PRÊT À L'ÉPOQUE...
AH...
Sempai !!
SALUT
SALUT
GRRRR...
すも
IL FAUT VRAIMENT QUE JE ME TROUVE UN APPARTEMENT...
Le plus vite pos-sible.

YÔSUKE !
DÉSOLÉ DE T'AVOIR FAIT ATTENDRE !
LES FILLES DE L'ENTREPRISE M'ONT INVITÉ À BOIRE UN VERRE APRÈS LE TRAVAIL.
COURBETTE
BONSOIR, SEMPAI.
ÇA NE ME DÉRANGE PAS...
ON Y VA ?
TAP
TAP
JE VOIS...
BOBOM !
ON DIRAIT QUE ÇA NE TE FAIT PLUS AUTANT D'EFFET QU'AVANT DE ME REVOIR...
C'EST... C'EST...
GROMMELLE
PAS ÇA...
DU TOUT...

TANT MIEUX, ALORS.
C'EST NOTRE PREMIER RENDEZ-VOUS DEPUIS LONGTEMPS...
J'AVAIS PEUR D'ÊTRE LE SEUL À ÊTRE IMPATIENT.
PSCHHHH !
Il est trop proche !
Comment il peut dire ce genre de choses embarrassantes aussi naturellement ?!
Uuh...
Il fait froid le soir, hein ?
J'ARRIVERAI JAMAIS À M'HABITUER À SA PRÉSENCE, JE CROIS...
Je me sens brûlant...

Mais... Je suis content.
Sempai...
...est content d'être avec moi.
Je voudrais qu'on vive ensemble...
Cette fois, c'est moi qui lui demanderai.
Tu diras oui, n'est-ce pas, Sempai...?
ALORS, ÇA S'EST UN PEU CALMÉ DEPUIS TON RETOUR ?
TES PARENTS DOIVENT ÊTRE CONTENTS DE VOIR QUE TU ES REVENU ET QUE TON TRAVAIL EST MOINS ÉPROUVANT QU'AVANT.

MH... UN PEU...
MAIS QUAND JE RETOURNE LÀ-BAS...
ILS CONTINUENT À ME METTRE UNE ÉNORME PRESSION SUR LES ÉPAULES.
Je veux vite m'en aller...
TOUT ÇA À CAUSE DE MON ÉGOÏSTE DE GRAND FRÈRE...
AH OUI, TU M'EN AS PARLÉ, CELUI QUI EST PLUS ÂGÉ QUE TOI ?
TU L'AS RENCONTRÉ À NEW YORK, PAS VRAI ?
OUI...
APPAREMMENT IL VOULAIT ME VOIR DEPUIS LONGTEMPS, ALORS J'Y SUIS ALLÉ.
Je ne sais pas comment il a su que j'étais là-bas.
ÇA FAISAIT PLUS DE DIX ANS QU'IL AVAIT QUITTÉ LA MAISON...
IL VIT À L'ÉTRANGER ET IL FAIT TOUT CE QU'IL A ENVIE DE FAIRE... JE SUIS UN PEU JALOUX.
MON PÈRE EST FURIEUX CONTRE LUI.
Mes parents vont le renier, c'est sûr.
HA HA HA ! IL A L'AIR VRAIMENT DIFFÉRENT DE TOI.
J'AIMERAIS BIEN LE RENCONTRER, UN JOUR...
AINSI QUE TON PÈRE...
MÊME S'IL A L'AIR ASSEZ EFFRAYANT, D'APRÈS CE QUE TU ME DIS.

MES PARENTS SONT VRAIMENT FERMÉS D'ESPRIT... ON NE POURRA PAS DISCUTER AVEC EUX COMME AVEC LES TIENS, SEMPAI.
DÉSOLÉ...
JE SAIS QUE TU AS ENVIE DE PARLER DE NOTRE RELATION À TES PARENTS...
MAIS POUR L'INSTANT...
C'EST PAS GRAVE, YÔSUKE, ON N'EST PAS PRESSÉS.
LE PLUS IMPORTANT, C'EST CE QUE TU RESSENS.
PAS LA PEINE DE SE PRENDRE LA TÊTE LÀ-DESSUS.
EN PLUS, JE LEUR AI DÉJÀ DIT QUE JE COMPTAIS PASSER LE RESTE DE MA VIE AVEC LA PERSONNE QUE J'AIME.
SEMPAI...

AU FAIT, YÔSUKE,
JE VOULAIS TE MONTRER QUELQUE CH...
CLAC
OUAH !!
TOMBE
ATTENTION !
RATTRAPE
PLIC...
AH !!
JE SUIS VRAIMENT DÉSOLÉE... VOTRE COS-TUME EST TREMPÉ...
ÇA VA, C'ÉTAIT JUSTE DE L'EAU.
SEMPAI, ÇA VA ?!
Je vous apporte une serviette pour nettoyer ça.
MAIS VOUS, VOUS NE VOUS ÊTES PAS FAIT MAL ?
NON, ÇA VA...
MERCI DE M'AVOIR RAT-TRAPÉE.
EUH...
DANS CE CAS, TANT MIEUX.
OUAH...

Désolée...
JE PAIERAI LES FRAIS DE PRESSING POUR VOTRE COSTUME... VOUS POUVEZ ME DONNER VOTRE NUMÉRO DE TÉLÉPHONE ?
MAIS NON, CE N'EST RIEN, NE VOUS TRACASSEZ PAS POUR ÇA !
JE ME SENS COUPABLE...
LAISSEZ-MOI AU MOINS VOUS REMERCIER...
MAIS...
GRIP
C'EST BON, VOUS AVEZ DÉJÀ PRÉSENTÉ VOS EXCUSES.
C'EST JUSTE DE L'EAU, ÇA NE TÂCHE PAS.
IL A DÉJÀ REFUSÉ, ALORS POURQUOI EST-CE QUE VOUS INSISTEZ ?
VOUS ÊTES SÛRE QUE C'EST JUSTE POUR LE REMERCIER QUE VOUS VOULEZ SON NUMÉRO ?
GRRRR...
ET TOI, SEMPAI...
BOBOM
O... OUI ?
CLAC !!
Ce jour-là, pour la première fois de ma vie...

ARRÊTE DE FLIRTER AVEC QUELQU'UN D'AUTRE QUE MOI !!
Je me suis énervé devant beaucoup de monde.
BROUHAHA...
DÉPRIMÉ...
INCROYABLE ! J'AURAIS JAMAIS CRU QUE TU SERAIS CAPABLE DE CRIER COMME ÇA, YÔSUKE !
DIS DONC, TU VAS ARRÊTER DE BOUDER ?
DÉSOLÉ, SEMPAI... JE ME SUIS VRAIMENT DONNÉ EN SPECTACLE... JE T'AI FAIT HONTE...

JE DEVRAIS LE SAVOIR, POURTANT... TU ES TOUJOURS EN TRAIN DE SÉDUIRE LES AUTRES INCON-SCIEMMENT...
QUOI ? JE SÉDUIS LES AUTRES, MOI ?
Je l'ai juste aidée !
JE CROIS QUE...
ON EST RESTÉS TELLE-MENT LONGTEMPS SÉPARÉS QUE JE SUIS DEVENU ENCORE PLUS POSSESSIF ENVERS TOI...
CHUCHOTE
JE ME SOUVIENS QUE TU M'AS DÉJÀ DIT QUE ÇA TE FAISAIT PLAISIR QUE JE SOIS JALOUX...
MAINTENANT, JE COMPRENDS CE QUE TU VEUX DIRE.
ET TU NE M'AS PAS FAIT HONTE, NE T'INQUIÈTE PAS !
SI TU VEUX, JE PEUX CRIER À TOUT LE MONDE À QUEL POINT JE T'AIME.
D... DIS PAS N'IMPORTE QUOI !!
NE FAIS PAS ÇA !!
HA HA HA !
JE TE TROUVE VRAIMENT ADORABLE, YÔSUKE...
FLOUR
ALORS VOILÀ, JE ME SUIS PEUT-ÊTRE UN PEU PRÉCIPITÉ, MAIS BON...

EN FAIT, JE VOULAIS QU'ON EN DISCUTE AU RESTAURANT, TOUT À L'HEURE...
UN COPAIN M'A PARLÉ D'UN APPARTEMENT TRÈS INTÉRESSANT, ALORS JE ME DEMANDAIS...
?
FLOUP
HEIN ? SEMPAI...
EST-CE QUE TU VEUX VENIR LE VISITER AVEC MOI DEMAIN ?
EST-CE QUE... TU VOUDRAIS BIEN VIVRE AVEC MOI ?

DÉSOLÉ DE NE PAS AVOIR PRIS LE TEMPS DE T'EN PARLER AVANT...
MAIS JE CROIS QUE J'ATTEINS MA LIMITE...
JE NE SUPPORTE PLUS D'ÊTRE SÉPARÉ DE TOI.
SEMPAI...
GRIP...

MOI AUSSI,
JE VOULAIS TE DEMANDER DE VIVRE AVEC MOI...
Ah là là...
Décidément...
!
Je suis incapable de gagner contre lui...
JE SUIS SOULAGÉ !!
J'ÉTAIS UN PEU NERVEUX, J'AVAIS PEUR QUE TU REFUSES COMME LA DERNIÈRE FOIS...

EN PLUS, JE ME SUIS UN PEU AVANCÉ, J'AI DÉJÀ DIT À MES PARENTS QUE J'ALLAIS VIVRE AVEC TOI !
JE ME DISAIS, COMME ÇA, ON ENLÈVE LES OBSTACLES UN PAR UN, ET ÇA SERA PLUS FACILE ENSUITE POUR QU'ILS ACCEPTENT LA SITUATION !
OH... AH BON...
STOP...
ATTENDS UN PEU, SEMPAI...
TU AS DIT À TES PARENTS QUE TU VOULAIS PASSER LE RESTE DE TA VIE AVEC LA PERSONNE QUE TU AIMES, PAS VRAI ?
OUI, C'EST CE QUE JE LEUR AI DIT... ÇA POSE PROBLÈME ?
NON, MAIS SI ENSUITE TU LEUR DIS QUE TU VAS EMMÉNAGER AVEC MOI... ILS NE VONT PAS TROUVER ÇA BIZARRE ?
TU CROIS ? POURTANT, JE N'AI RIEN DIT D'AUTRE...
QUAND J'Y PENSE, C'EST VRAI QU'IL Y A EU UN GROS BLANC...
Ou pas ? Je sais plus...
QUOI ?!
MAIS ALORS, ILS ONT COMPRIS ?!
T'INQUIÈTE PAS, TOUT S'ARRANGERA !
Bon, on y va ?
JE PANIQUE DÉJÀ À L'IDÉE DE LA PROCHAINE FOIS QUE JE VERRAI SES PARENTS...
Panique

GRRRRR...
ずも・・・

VERS 19H, ALORS ?
D'ACCORD, MERCI.
Change Life
CLAC
AH
TU AS FINI DE TOUT RANGER DANS TA CHAMBRE, YÔSUKE ?
OUI, JE N'AVAIS PAS BEAUCOUP D'AFFAIRES...
TON LIT ET LA TABLE BASSE ARRIVENT CE SOIR, C'EST ÇA ?
OUI !
LE LIVREUR VIENT DE M'APPELER, IL AURA UN PEU DE RETARD.
EST-CE QU'IL NOUS MANQUE ENCORE QUELQUE CHOSE ?
VOYONS VOIR... L'AUTOCUISEUR À RIZ...
MAIS ON DÉJEUNE TOUS LES DEUX AVEC DU PAIN...
JE N'AURAIS PAS DÛ JETER MON ANCIEN GRILLE-PAIN.
MAIS TU AVAIS DÉJÀ ENTREPOSÉ BEAUCOUP DE CHOSES CHEZ TES PARENTS.

ON A ENCORE DU TEMPS AVANT LA LIVRAISON, ON PEUT ALLER FAIRE UN TOUR AU MAGASIN !
ON EN PROFITERA POUR REGARDER POUR UNE CLIMATI-SATION, D'ACCORD ?
D'AC-CORD.
C'EST LA PREMIÈRE FOIS QUE TU QUITTES TA MAISON D'ENFANCE, HEIN, SEMPAI ?
ÇA NE TE FAIT PAS BIZARRE D'ÊTRE SÉPARÉ DE TA FAMILLE ?
Vous êtes tous tellement proches.
NON, PAS TELLEMENT...
HA HA !
MAIS IL FAUT QUE JE CONTINUE À SURVEILLER NANA POUR VOIR SI ELLE SORT VRAIMENT AVEC MATSU OU PAS...
AAH...
TU N'ARRIVES TOUJOURS PAS À ACCEPTER LA RÉALITÉ, HEIN ?
Laisse-les tranquille.
OUI, JE SAIS, JE SUIS UN GRAND FRÈRE SURPROTEC-TEUR !
MAIS BON, JE PLAISANTE À MOITIÉ.
Seule-ment à moitié ?
GRIP
!
EN TOUT CAS, JE SUIS SUPER CONTENT QU'ON VIVE ENFIN ENSEMBLE !!

YÔSUKE...
M... MOI AUSSI...
AH...
J'ai l'intérieur de la tête tout vide...
J'espère que j'arriverai à me concentrer sur le travail demain.
À partir d'aujourd'hui, je vais pouvoir vivre avec la personne que j'aime le plus au monde...
J'ai l'impression de rêver.
DILING !
DILING !
ピロロン
DILING !
ピロン
DILING !
ピロン
DILING !
ピロン
FAUT TOUJOURS QU'ON SOIT DÉRANGÉS !
KHOF
AH, C'EST HOZUMI-SAN.
STOP...
ピク

Qu'est-ce que tu fais ?
14:26
Vous avez fini de ranger les cartons ?!
14:27
Je peux venir vous rendre visite ?
14:27
Aa
VOILÀ CE QU'IL DIT...
QU'IL EST CHIANT.
DIS-LUI QU'IL PEUT VENIR, À CONDITION QU'IL RESTE DANS L'ENTRÉE.
C'EST MÉCHANT, YÔSUKE...
HAAA...
À QUOI IL PENSE, CE TYPE ? JE NE COMPRENDS PAS.
Ah...
Oh !

Itô-kun ! Ça fait bien deux ans et demi qu'on s'est pas vus !
T'as l'air d'aller bien, dis donc.
... Merci.
Vous travaillez encore ici, Hozumi-san ? Comment ça se fait ?
Ah, oui ! Eh bien, en fait...
J'ai signé un nouveau contrat avec Yotsumoto !
Je vais encore bosser quelque temps ici !
Dommage...
CHUCHOTE
Allez, Itô-kun... On va oublier le passé et devenir bons amis,
D'accord ?
Je ne vois pas pourquoi on devrait devenir bons amis.
Ne vous approchez pas si près de moi !
Ah bon ? Tu es sûr ? Tu ne veux pas que je te raconte ce qu'a bien pu faire Iku pendant que tu étais à l'étranger ?
STOP...
Je vois, ça n'a pas l'air de t'intéresser...
Tant pis...
GRIP

On pourrait aller manger ensemble à midi...
T'es sûr ?! Bon, si t'insistes !!
Et finalement, j'ai dû l'inviter pour qu'il me raconte des détails de la vie de Sempai en mon absence...
APRÈS TOUT CE QUE CE TYPE M'A FAIT...
IL CONTINUE À ME MANIPULER COMME SI DE RIEN N'ÉTAIT !
GRRRR...
ギリッ
TREMBLE
QU'EST-CE QUE JE LUI RÉPONDS ?
SI TU VEUX, ON PEUT AUSSI REFUSER, YÔSUKE...
OUI, PARFAIT.

BREF,
LES AUTOCUISEURS À PRESSION, C'EST BIEN, LE RIZ EST MOELLEUX, MAIS ENSUITE IL SE CASSE PLUS FACILEMENT.
FLAP
CETTE MARQUE-LÀ, ELLE EST RÉPUTÉE POUR AVOIR DES PROBLÈMES DE COURANT QUAND ELLE CUIT LE RIZ...
Enfin après tout dépend de vos préférences.
SI VOUS PRÉFÉREZ, CETTE MARQUE-LÀ EST TRÈS BIEN AUSSI !
FLAP
FLAP
EUH, SEMPAI... QU'EST-CE QU'IL FICHE ICI ?
POURQUOI IL NOUS FAIT UN COURS SUR LES AUTOCUISEURS ?
Ah, excusez-moi !
OUI ?
BEN... IL S'Y CONNAÎT... ET QUAND JE T'AI DEMANDÉ SI TU VOULAIS QU'IL VIENNE OU PAS, TU M'AS DIT «OUI, PARFAIT», ALORS J'AI CRU QUE ÇA VOULAIT DIRE OUI...
QUOI ?
!?
DÉCEPTION...
J'aurais dû être plus clair !!

HÉ !
YÔSUKE, QU'EST-CE QUE TU PENSES DE CELUI-CI ?
期間中！
大幅値引き
CACHÉ
CACHÉ
Pfft !
Qu'est-ce que tu fiches là-bas ?
... Rien.
On dirait un animal qui se cache...
HOZUMI-SAN, TU N'ÉTAIS PAS OBLIGÉ DE NOUS FAIRE UN CADEAU POUR FÊTER NOTRE EMMÉNAGEMENT.
EN PLUS, TU NOUS AS DONNÉ DES CONSEILS !
Merci beaucoup !
TU N'AURAS QU'À ME REMERCIER EN CUISINANT POUR MOI QUAND JE VIENDRAI !
IKU, TU AS L'AIR DE T'EN SORTIR... MAIS TOI, ITÔ-KUN, TU ES DOUÉ POUR CUISINER ?
C'est moi qui m'y colle d'habitude, mais...
YÔSUKE APPREND À CUISINER EN CE MOMENT, ALORS IL FAIT SOUVENT À MANGER.
OOH... J'IMAGINE QUE TU DOIS LUI DIRE «OH LÀ LÀ, C'EST DÉLICIEUX» MÊME QUAND C'EST DÉGUEULASSE ?
Non, c'est toujours délicieux !
À PARTIR DE CE SOIR, JE NE FERAI PLUS QUE DES SANDWICHES...
イラ
GRRRR...
LÈVE
JE REVIENS, JE VAIS AUX TOILETTES.
Ok.
BROUHAHA
BROUHAHA

QU'EST-CE QUE VOUS COMPLOTEZ, CETTE FOIS ?
Non, pas encore.
Je vous ai déjà dit merci pour le cadeau.
HÉ, ARRÊTE DE ME FAIRE PASSER POUR LE MÉCHANT !
JE VOULAIS JUSTE ÊTRE GENTIL ET OFFRIR UN CADEAU À MES KÔHAIS QUI VIENNENT D'EMMÉNAGER ENSEMBLE, C'EST TOUT.
VOUS ÊTES PLUS LE GENRE DE PERSONNE QUI FAIT SEMBLANT D'ÊTRE GENTIL POUR MIEUX SEMER LA ZIZANIE.
AH BON ? DÉCIDÉMENT, TU ME CONNAIS BIEN, ITÔ-KUN.
JE M'EN DOUTAIS...
CLAC
HA HA HA ! MAIS NON, ENFIN, JE RIGOLAIS !
DU CALME.
AU FAIT, À CE QU'IL PARAÎT,
TOI ET IKU, VOUS NE VOUS ÊTES PAS VUS DU TOUT QUAND TU ÉTAIS À L'ÉTRANGER ?
Quelle force mentale !
JE NE PENSAIS PAS QUE TU TIENDRAIS AUSSI LONGTEMPS SANS LE VOIR !
.....
IKU M'A DIT UN TRUC TROP MIGNON, COMME QUOI SI TU ÉTAIS REVENU LE VOIR, IL N'AURAIT JAMAIS PU TE LAISSER REPARTIR ENSUITE...
ON DIRAIT QUE TU PENSAIS LA MÊME CHOSE.
ÇA NE VOUS REGARDE PAS, HOZUMI-SAN...

TU SAIS, À L'ÉPOQUE, IKU N'AURAIT JAMAIS DIT UN TRUC PAREIL.
BROUHAHA
BROUHAHA
HOZUMI-SAN...
EST-CE QUE VOUS ÊTES ENCORE AMOUREUX DE...
ÉCOUTE !
J'AI L'IMPRESSION QUE TU TE FAIS DES IDÉES, ALORS JE VAIS ÊTRE FRANC.
JE N'AI JAMAIS VRAIMENT VOULU D'UNE RELATION AVEC IKU, EN FAIT.
CE QUE JE VEUX DIRE, C'EST...

CONTRAIREMENT À VOUS, MES SENTIMENTS NE DURENT JAMAIS TRÈS LONGTEMPS.
APRÈS TOUT, MOI, UN COUPLE TOUT MIGNON, TOUT FLEUR BLEUE, ÇA M'A JAMAIS VRAIMENT INTÉRESSÉ !
GRRRR...
SOYEZ HONNÊTES,
EN FAIT, C'EST PARCE QUE VOUS ÊTES JALOUX DE NOTRE COUPLE FLEUR BLEUE, NON ?
DIS, TU ME CROIRAIS SI JE DISAIS QUE...
C'EST QUAND TU DIS CE GENRE DE TRUC QUE TU ME PLAIS LE PLUS ?
AAAH !
SMILE !
EN FAIT, POUR ÊTRE HONNÊTE, JE SUIS CURIEUX DE SAVOIR
COMBIEN DE TEMPS VOTRE COUPLE DURERA, À TOUS LES DEUX !
ET VOUS, HOZUMI-SAN, SI VOUS TOMBEZ VRAIMENT AMOUREUX UN JOUR...
VOUS AVEZ INTÉRÊT À NOUS PRÉVENIR.
HA HA HA !
OH, C'EST TROP MIGNON !

PARDON, HOZUMI-SAN, MAIS IL VA FALLOIR QU'ON Y AILLE...
ON VA SE FAIRE LIVRER NOS MEUBLES.
DÉSOLÉ POUR L'ATTENTE.
AH, D'ACCORD !
VOS MEUBLES, HEIN ?
BON, EH BIEN, JE VAIS RENTRER AUSSI.
JE NE VEUX PAS ÊTRE LA TROISIÈME ROUE DU CARROSSE...
?
AH !
N'OUBLIEZ PAS DE PRÉVOIR DES DRAPS DE RECHANGE, HEIN ?
MÊLEZ-VOUS DE VOS OIGNONS !!
GRAAAH !!!

OOOH !
ÇA FAIT TOUT DE SUITE PLUS RÉEL AVEC UN LIT !
PLAF !
AAH ! IL EST SUPER CONFOR-TABLE, CE MATELAS !!
TU AS PRIS UN GRAND LIT, SEMPAI...
QUOI ?
MH ? BEN FORCÉMENT, ON VA ÊTRE DEUX À DORMIR DEDANS !
LE LIT DANS TA CHAMBRE, C'EST JUSTE POUR FAIRE CROIRE AUX AUTRES QU'ON EST COLOCATAIRES...
À PARTIR DE MAINTENANT, ON DORMIRA ICI ENSEMBLE !

BOBOM
Déjà que le simple fait de respirer le même air que lui me rend dingue !
C... C'est vrai ?! Je vais dormir tous les jours avec Sempai ?!
BOBOM !
BOBOM
JE VAIS JAMAIS RÉUSSIR À ME CALMER...
BOBOM
PEUT-ÊTRE QUE J'ÉTAIS PAS ENCORE PRÊT À VIVRE AVEC LUI...
HÉ,
VIENS TESTER LE MATELAS, YÔSUKE !
VACILLE...
N... NON, PLUS TARD...
ALLEZ...
VIENS, YÔSUKE !
APPROCHE, APPROCHE
FUIP
POUF

TU BOUGES COMME UN ROBOT !
HA HA !
TOURNE
AH ! SEMPAI !
BOBOM
BOBOM
Je suis au paradis...
QU’EST-CE QU’IL Y A, SEMPAI ? ÇA VA PAS ?
RIEN... JE ME DISAIS JUSTE QUE J’AVAIS HONTE DE MOI-MÊME...
JE N’AI FAIT AUCUN PROGRÈS.
SOUPIIIIR...
... DES PROGRÈS ? PAR RAPPORT À QUOI ?
TOUT À L’HEURE, J’ÉTAIS JALOUX EN VOYANT À QUEL POINT TU ES PROCHE DE HOZUMI-SAN...
Pardon...
EUH...
ON N’EST PAS DU TOUT PROCHES...
OUI, JE SAIS ! JE SUIS JUSTE PARANO !
MAIS JE SUIS INCAPABLE DE ME RAISONNER.

ALORS...
CÂLIN
TU VOUDRAIS BIEN ME LE DIRE...?
TR...
TROP CHOU...
TU ES LE SEUL QUE J'AIME, SEMPAI...
BISOU
BISOU
MMH...
BISOU

HAA...
MAINTENANT, ON N'A PLUS À SE QUITTER LE SOIR...
C'EST TROP BIEN...
OUI... MAINTENANT, QUAND JE RENTRERAI,
TU SERAS LÀ...
ALORS AIDE-MOI À ME RENDRE COMPTE QUE C'EST BIEN RÉEL.

SLURP...
FLOUP
NHH...
QUELLE JOLIE VUE...
TU AS L'AIR DRÔLEMENT EXCITÉ, YÔSUKE.
FLOUP
FLOUP
C... C'EST PARCE QUE...
T'ES TROP MIGNON, SEMPAI...
HAA...
HAA...
AH OUI ? ET MA BITE, TU LA TROUVES MIGNONNE ?
EUH... ON PEUT PAS DIRE QUE JE LA TROUVE MIGNONNE, NON...
MAIS... JE L'ADORE.
SLURP...
J'AI ENVIE DE LA DÉVORER TOUT ENTIÈRE...

SLURP
FRISSON
FLOUP
ICI...
SERRE...
AH...!
ELLE SERAIT PAS MAL NON PLUS, ICI.
TIRE
AAH...!
JE PRÉFÈRE QUE TU L'AVALES PAR TON AUTRE TROU.
PLIC
NH...
POUSSE
POUSSE
HAA...
POUSSE
NNH...
FLAP

HAA... AH...
HAA...
HAA...
NON... ATTENDS...
ELLE EST... TROP GROSSE...
IL N'Y A... QUE LA MOITIÉ QUI EST RENTRÉE...
JE CROYAIS QUE TU VOULAIS LA DÉVORER EN ENTIER ?
PAF !
AAAAH !!
AH... AAAH !
NNH...
PAF
PAF
AH ...!
YÔSUKE...
PAF !
SEM... PAI...
AH...
AH...

SLURP...
AH...
AH !
SLUUURP
BOBOM
PAF
PAF
AAAH... C'EST...
C'EST TROP BON...
HH... AH...
SEMPAI...
AH !
PAF
AH... ÇA VIENT...
AH... AAH !
PAF
PAF
MMMH !!

HAA...
HAA...
HA...
BOBOM !
AH !!
TU T'ES BIEN LÂCHÉ, DIS DONC...
PLIC
D...
DÉSOLÉ !!
NH...
SLURP
HH...
SLURP
IL A BON GOÛT, TON SPERME ?
... NON, PAS DU TOUT...

DANS CE CAS, FAIS-MOI GOÛTER.
NHH...
UH...
SLURP
NH...
HAA...
HAA...
HA HA...
J'ADORE TON EXPRESSION COQUINE, YÔSUKE...
BEN... C'EST QUE...
TU ES ENCORE...
À L'INTÉRIEUR DE MOI...
TREMBLE...
NHH...
IL FAUT QU'ON FASSE QUELQUE CHOSE, NON ?
SERRE...

GRIP
AAH...! SERRE PAS SI FORT...
COMMENT TU VEUX QUE JE ME RETIENNE...
QUAND TU DIS DES TRUCS PAREILS ?
PAF !
AAAH !
AH !
PAF !
PAF !
SE... SEMPAI...
AH...
PAS SI FORT...
PAF !
NNH...
PAF !
AAH...
C'EST TROP BON...
AH...
....!
YÔSUKE...
APPELLE-MOI PAR MON PRÉNOM...

J... JE PEUX PAS...
AAH...!
NH...
AAH...
PAF
JE PEUX PAS...
TU ES TOUJOURS...
MON SEMPAI...
PAF
PAF
C'EST UN ORDRE DE TON SEMPAI.
DIS-LE.
BOBOM !
JE NE TE LAISSERAI PAS JOUIR TANT QUE TU NE L'AURAS PAS DIT.
SERRE...
AAH...
C'EST TROP CRUEL...
AH...
TREMBLE
AH...
.....

N... NON...
JE VEUX... JOUIR...
GRIP
I...
IKUO...
S'IL TE PLAÎT...
I... IKUO...
Ouaah...
HAA...
JE T'AIME...
PAF
PAF
PAF
YÔSUKE...
AAH !
JE T'AIME...
AH..!
AH ! AH !
NH...
AAAAH !!

BOBOM
......
HAA...
HAA...
FLUIP...
HAA...
NH...
AAAH...
TIENS ? IL A PAS ÉJACULÉ ?
Je croyais qu'il avait joui.
YÔSUKE...?
.....
AAH...
BOBOM
AA AH !!

ATTENDS...
T'AS JOUI SANS ÉJACULER...?
C'EST PAS ÇA QU'ON APPELLE UN ORGASME SEC ?
ÉVANOUI
GYAAH !!
POUF
HÉ !!
ÇA... ÇA VA, YÔSUKE ?
Yô-suke !
CUI
チ
CUI CUI
チチチ...

PLIC
コポ
PLIC
コポ
YÔSUKE, TU VEUX DU LAIT ? AH NON, C'EST VRAI, TU PRENDS TON CAFÉ NOIR...
MOI, JE METS TOUJOURS PLEIN DE LAIT !
MERCI... SEMPAI...
QUOI, TU NE VEUX PLUS M'APPELER IKUO ?
BOBOM-!
ビクッ
NON... JE NE CROIS PAS EN ÊTRE CAPABLE...
EN FAIT, QUAND J'Y REPENSE...
JE ME SUIS QUAND MÊME SENTI SUPER BIZARRE, À CE MOMENT-LÀ...
AH BON ?
MAIS TU ÉTAIS TROP MIGNON, EN TOUT CAS...
C'EST BON, N'EN RAJOUTE PAS...

JE PRÉFÈRE CONTINUER À T'APPELER «SEMPAI».
BON... MAIS QUAND ON FERA L'AMOUR, AU MOINS ?
NON ?
MIOM
.....
SI ON REFAIT ÇA TROP SOUVENT, ÇA VA ME GRILLER LES NEURONES !
DISONS... UNE FOIS PAR MOIS... ALLEZ, UNE FOIS TOUTES LES DEUX SEMAINES.
QUOI, QUOI ?! PARDON ?!
QU'EST-CE QUE TU RACONTES ?!
POURQUOI TU CROIS QU'ON A ENMÉNAGÉ ENSEMBLE ?!
QUOI, TU VEUX DIRE QUE TU M'AS DEMANDÉ D'HABITER AVEC TOI POUR QU'ON PUISSE COUCHER ENSEMBLE TOUT LE TEMPS ?!
J'ai une impression de déjà-vu, là...
PAS SEULEMENT, MAIS... C'ÉTAIT UNE DES RAISONS.
SEMPAI !
TU VAS ÊTRE EN RETARD !
Change pas de sujet !
Fin

大幅値引き
CACHÉ
Pfft !

SAYONARA GAME : DRAMA CD
LES DESSOUS DE L'ENREGISTREMENT
Ça va être chouette !
Moi, trop nerveuse pour parler
Mon éditrice insouciante, K-san
Mon amie, Mamechosu
FIOUUUUU !!
Des dieux sont en train de créer la vie pendant cet enregistrement !!
MESDAMES, ASSEYEZ-VOUS DEVANT.
Le directeur
On commence les tests !
Dans le rôle d'Ikuo Arimura : Kazuyuki Okitsu.
Dans le rôle de Yôsuke Itô : Makoto Furukawa.
Enchanté !
Comme ils avaient déjà lu le manga avant l'enregistrement,
ils étaient parfaitement capables de restituer les nuances et de transmettre les sentiments.
C'était impressionnant !
* J'ai dessiné les personnages pour les représenter.
Ils correspondaient parfaitement à l'image que j'en avais.
Nana, comment se passent tes révisions pour les examens ?
Ikuo !!
TROP CLASSE !!
MAGNIFIQUE !!
Rien que pendant les tests audios, j'étais déjà sans voix.
Appelle-moi juste «Itô», Arimura-sempai.
Yôsuke !!
TROP BEAU !!
C'EST UN ANGE !!

Je dirais même que cette version d'Ikuo surpassait l'œuvre originale...
Quand on lui a donné cette instruction-là, mon cœur s'est brisé...
Arimura-san, on aurait dit un puceau en train de parler, là.
Parle un peu plus comme un mec qui a du succès.
(Directeur)
Bingo
UN PUCEAU ?!
BOBOM !
Il respirait la gentillesse tout en gardant un charme viril... Le sempai idéal.
Joue-le de façon un peu plus insensible, s'il te plaît !
(Directeur)
Ça ira !
Il est cruel, Arimura...
Désolée...
Il a aussi mis beaucoup de passion dans les phrases où il s'interrogeait sur ses sentiments envers Yôsuke, c'était un changement subtil, mais ça sonnait magnifiquement bien !
Pour Yôsuke, il avait une aura froide et asociale qui surpassait tout ce que j'imaginais.
Sa voix parvenait à transmettre beaucoup d'émotion, c'était adorable.
Mais je n'oserais jamais dire devant lui que c'était adorable.
Quand le moment de la rupture avec Ikuo est venu, il y avait une dose tellement parfaite de douleur dans sa voix qu'il n'y a même pas eu besoin de faire une deuxième prise.
Quand il a reniflé son manteau...
Sempai...
SNIIIIIF...
Trop chou !
Quand il a parlé des poivrons, il avait l'air hyper sérieux.
JE DÉTESTE ÇA
Et son style était parfait aussi.
Il était en plein dedans.
Et pour la scène du repas...
GROUUUIIIIC !
J'ai faim...
Trop mignon !!

Les autres personnages correspondaient aussi tout à fait à ce que j'imaginais, c'était très émouvant.
Petite sœur
Dans le rôle de Nana Arimura, Natsuki Aono.
Elle était troooop mignonne !
Surtout dans la deuxième partie du manga, ses dialogues avec Ikuo !
J'ai pleuré discrètement quand Nana s'est mise à pleurer.
Collègue
Dans le rôle de Katô, Kento Ishikawa.
Ami
Dans le rôle de Matsu, Takumi Igarashi.
Grâce à ces deux-là, quand mon cœur débordait trop d'émotion, je pouvais me calmer et rire un peu.
Ils étaient tellement bons que j'ai regretté de ne pas les avoir fait apparaître plus souvent dans le manga !
Le sister complex était inévitable !
Toutes leurs interactions frère-sœur étaient...
PARFAITES.
Pour devenir Katô, Ishikawa-san passait même par un langage gestuel impressionnant. C'était vraiment Katô !
HEIN ?!
TROP FLASHY !
AGITE
AGITE
Dans le rôle de Kubota : Shintarô Tanaka.
Il est connu pour sa voix grave qui lui permet d'obtenir souvent des rôles secondaires dans les doublages.
C'est un horrible personnage, mais l'acteur était si bon que je n'ai pas pu m'empêcher de bien l'aimer !
Et les autres :
Dans le rôle de Morikawa : Yuri Komagata.
Dans le rôle de la mère d'Arimura : Yuri Fujiwara.
Ces deux personnages féminins, avec Nana, apportaient beaucoup de fraîcheur aux scènes.
C'était très apaisant d'entendre leurs jolies voix.

Pendant la scène de flash-back au lycée...
La voix de Yôsuke était un peu plus aiguë, et son petit côté innocent était trop mignon, trop mignon, troooop mignon (les mots me manquent...)
Un ange !
C'est un ange !!
TREMBLE
TREMBLE
Ooooh !!
Ma responsable qui adore les petits jeunes.
Mais ma scène préférée, c'était celle-là :
C'est à la neuvième manche qu'un match se décide.
Oui...
Directeur
Arimura-san, à ce moment-là, tu marmonnes doucement...
Là, vous êtes tous les deux en train de vous exciter un peu trop ! (Rires)
BAM
Désolé(e) !
C'ÉTAIT TROP BIEN !!
Parfaite relation frère-sœur
Voilà à quoi ressemblait Ikuo avant qu'il ne devienne un Don Juan...
Respect...
Ils sont tellement lumineux...
ADMIRATION
Cerise sur le gâteau,
Les indications du directeur étaient parfaites.
Il vérifiait tous les détails et donnait des instructions si précises qu'à chaque fois, on était admiratives.
C'est ça ! C'est tout à fait ça !!
Oui, oui !
Quel talent !!
Au final, on était tellement prises par la performance qu'on oubliait souvent de vérifier le script.
Trop d'enthousiasme !
La scène de la rivière était parfaite, ils n'ont même pas eu besoin de la refaire.

Et bien sûr, la scène la plus attendue...
Ikuo parlait d'une voix vraiment sexy...
Et Yôsuke lâchait des gémissements sans pouvoir prononcer un mot...
C'était hyper érotique !!
Ce n'était plus du tout la même ambiance apaisante qu'au début.
C'était tellement chaud que j'osais à peine regarder ce qui se passait !!
Ma responsable et Mame ont tout regardé, elles
FORTICHES !!
TREMBLE
TREMBLE
Ça, c'est carrément autre chose !!
Dans le manga, j'ai dessiné la façon dont Ikuo s'amuse un peu de voir comment Yôsuke semble changer complètement quand ils font l'amour...
Mais grâce au talent des doubleurs, c'est devenu une réalité ! (*o*)
C'est un ordre de ton sempai.
Yô-suke est trop sexy !
Canon !!
Sempai… Je ne vois pas ton visage…
C'était incroyable !!
Les doubleurs n'y sont pas allés de main morte...
Après ça, il y a eu l'enregis-trement d'un chapitre bonus publié dans le magazine de prépublication Dear + d'août.
Ça n'a duré que dix minutes en-viron, mais la moitié, c'était une scène de sexe...
C'était de plus en plus chaud...
Tu… Tu vas trop loin…
Non…
Yôsuke n'a pas la langue dans sa poche !
Je suis morte de bonheur.
J'étais tellement rouge que j'ai dû mettre un masque.

On a aussi pu enregistrer les moments de fous rires ou les erreurs drôles.
Tout s'est passé dans la bonne humeur, et tout s'est parfaitement bien terminé.
C'était si rapide...
C'était vraiment incroyable d'avoir l'impression que Yôsuke et Ikuo prenaient vie.
Merci à tous ceux qui m'ont permis de vivre une expérience aussi intense et émouvante.
Après l'enregistrement, j'ai demandé aux doubleurs quelles étaient leurs phrases préférées.
MOI, C'ÉTAIT : «OUI... BIEN SÛR QUE OUI.»
JE ME SUIS LONGTEMPS DEMANDÉ COMMENT J'ALLAIS INTERPRÉTER ÇA.
Dans le chapitre 3.
Moi aussi, je vais vous le dire !!
MOI, C'ÉTAIT : «TU AS 4H35 DE RETARD, SEMPAI», ET AUSSI «ADIEU, SEMPAI» !
Chapitre 2 et chapitre 4
AU FOND DE LUI, IL SAIT QUE TOUT ESPOIR EST PERDU, MAIS IL FAIT DE SON MIEUX POUR COMBATTRE LES LARMES !!
Il fait tout pour cacher ses sentiments !
Absolument !
N'hésitez pas à écouter l'enregistrement !
C'est ça !
En fait, il donne l'impression de tout savoir, mais il ne comprend rien...
Ma responsable, fan d'Ikuo
Merci infiniment à tout le casting, à toute l'équipe, et à tous ceux impliqués dans cet enregistrement !
Grâce à vous, je suis repartie avec des souvenirs merveilleux plein la tête.
J'espère que les gens qui avaient lu le manga et ceux qui ne l'ont pas lu pourront tous apprécier cet enregistrement.
Voilà pour le drama CD de Sayonara Game !
Merci d'avoir lu jusqu'ici !!

Merci beaucoup d'avoir acheté «Change World» tome 2 !

Avec cette histoire, j'ai pu dessiner une autre facette de l'amour entre Ikuo et Yôsuke, un amour qui aurait un peu évolué.
Dans ce monde, il y a différentes sortes d'amour, et pour ces deux-là, j'ai l'impression que l'amour, ce n'est pas juste de se lier entre eux, c'est aussi de prêter attention à ce qui les entoure, et d'être capable d'approfondir leurs sentiments même s'ils ont des problèmes.
D'ailleurs j'ai décidé de mettre ce titre, «Change World» sans le «the», pour montrer que le changement ne s'applique pas juste à Ikuo et Yôsuke, mais aussi à tous les gens qui les entourent et qui changent également en prenant conscience de leur environnement...
Et pour agir comme catalyseur dans ce changement, pour nos deux personnages, il ne pouvait y avoir personne d'autre que Hozumi.
Maintenant que l'histoire est terminée pour Ikuo et Yôsuke, j'ai envie de creuser un peu ce nouveau personnage.

Toutefois, à l'avenir, j'aimerais dessiner une nouvelle fois Ikuo et Yôsuke, en train d'affronter de nouveaux obstacles qui approfondiront encore leurs sentiments mutuels. J'ai déjà en tête des scènes à dessiner, donc si jamais l'occasion se présente...

Au fait, je change de sujet, mais j'ai eu l'honneur incroyable de voir mon manga Sayonara Game adapté en drama CD au Japon ! Comme vous l'avez vu dans le récit des pages précédentes, c'était absolument merveilleux. Il est sorti au Japon le 15 décembre, comme bonus dans le magazine Petit Comics, donc si ça vous intéresse, n'hésitez pas à vous le procurer.
Enfin, merci beaucoup à tous ceux qui ont lu ce livre, à ma responsable K-sama, à mon graphiste, à mon amie Mamechosu, et à tous les lecteurs qui m'ont soutenue jusqu'ici !

Change World 2

Change World 2 by Yuu Minaduki

Original Japanese edition published in 2017 by Shinshokan Co.,Ltd.
French translation rights in France, Belgium, Luxembourg,
Swiss and Quebec arranged with
Shinshokan Co.,Ltd. Through Digital Catapult Inc., Tokyo.

Hana COLLECTION

www.boys-loves.tr

Responsable Editorial & Production : Tony

Traduit du japonais par Laurie Asin

Maquette : Justine Mouron

Relecture : Aurélie Valognes

Dépot légal : Octobre 2020

ISBN 978-2-36877-753-4

Imprimé par GZ Digital Media as